水声

Seki Shigeko 關茂子句集

ふらんす堂

水声＊目次

句集

水声
すいせい

關
せき
茂子
しげこ

蛍袋

一九九八年～二〇〇五年

下萌の大地傾け離陸せり

かたむけて傘より落とす春の雪

蝌蚪ひとつ群れを離れし行方かな

魞挿すや湖畔のホテルの昼灯

菜の花や電車傾きつつ徐行

フロントに残す伝言春の宵

純白の卓布の上のチューリップ
散るさくら濠にも流れありしとは

立山の山懐の花菖蒲

ひと言もなく立ち去りぬ桐の花

この家になじまぬままや沙羅の花
初蟬を聞きしとの文読み返す

暮れ残る蛍袋の白さかな

人影の動き止まれば蛍飛ぶ

青嶺また青嶺の信濃一人旅

地獄谷より登り来てお花畑

突堤に漁網拡げて雲の峰

夏帽子誰かに見られてゐるやうに

大いなる片蔭明治の煉瓦館

七輪を艫で煽ぎて舟遊び

裏木戸のきしみて開き月見草

風入や閉ぢたるままの勅使門

御手洗に杓の整列終戦日

釣竿の影の動きて水の秋

舟を打つ波音の絶え無月かな

宵闇や一番星は海の上

磯菊や沖の白雲幾重にも

木の実落つ石廟の文字読み取れず

榾焚きて山のにほひの山の宿

短日の改札口を出て無口

鐘撞けば応ふるごとく雪降り出す

寒椿

二〇〇六年～二〇〇八年

墨の香の残る座敷の淑気かな

等身の鏡の前に春襲

初釜や帯に挟みて緋の帛紗

水仙の束ねてもなほ向き違へ

建付けの悪しき板戸や寒椿

雪折の枝より発ちて群れ雀

父の手の大きかりしよ福は内

磴高き藩祖の墓標雪の果

春寒や廓に残る急階段

三姉妹桃の酒にて少し酔ひ

乱れたる髪をととのへ雛納
百幹の竹をゆさぶり春一番

春の夜の川舟の行く櫂の音

菜の花や法隆寺まで一里ほど

花の宿二階の窓を開け放ち
はばたきて水面をはしる春の鴨

隠し湯へ道を辿ればば山桜

発電の風車の上の春の虹

ゆふづつや灯るが如く白木蓮

卯の花を活けて一人の点前かな

迷路めく裏町の道花石榴
生垣に見え隠れして日傘過ぐ

喪主の座にハンカチ強く握りしめ

旅の夜の水取り出だす冷蔵庫

走り茶を土産に京の旅終る

杣道にせせらぎのあり花山葵

葉隠れに二つ連なり青胡桃

天辺は雲に触れしや朴の花

羅の袖のかろきにためらへり
巴里祭や道頓堀のネオンの灯

結局は何処へも行かず水を打つ

縁側に声の集まる夕端居

帰省子の声を夫かと思ひたる

銀の匙メロンのしづく零しけり

一湾を舞台としたる揚花火

鯉はぬる音二階まで夜の秋

堰の水あふれて越えて蛍草

坂道は風の通ひ路盆踊

コスモスやロッジの屋根の急傾斜

秋涼し金の鎖のもつれ解け

鶏頭や白川郷の暮れはじむ

籠の中見せ合うてまた茸狩

バス停に大き貼紙村祭

誰も居ぬ縁に柿置く山家かな

萩刈られ古刹を風の過ぎゆきぬ

山の音こもる胡桃を握りしむ

首の骨こくと音たて夜寒かな

木の机囲む木の椅子冬紅葉

侘助や黒楽碗に箆の跡

鍵善を出て顔見世へ急ぎけり

朝顔

二〇〇九年〜二〇一一年

旧年の曇りを拭ひ三面鏡

猫舌になりゆく夫や七日粥

寄生《ほよ》の実の金色に透く寒日和

春近し地上五階の小庭園

薄氷の尖れるままに透きゆけり

如月や丘に小さき喫茶店

春浅し寺の板戸の花鳥絵図
一人居のつぶやき雛に聞かれたる

もてあそぶ火箸の尖り大石忌

貝の名を子に尋ねられ磯遊び

トルソーの乳房の翳り春ともし

夏きざす納戸の棚の帽子箱

麦秋や木の教会にゴッホの絵

空井戸の青竹の蓋走り梅雨

空蟬や円空仏の寸余なる

夏足袋を履き替へてより入る茶席

洗ひ茶巾さらりとたたみ風炉点前

烏賊釣の火の連なりて富山湾

扇風機止まれば波の音聞こゆ
消しゴムの屑掻き寄せて明易し

片蔭やビジネス街の昼餉時
相槌を打ちつつ客に団扇風

勝ち負けは埒外の囲碁夏座敷

山荘の未だ開けられず兜虫

登山帽振るが下山の合図なり

白山の雲押し上げてお花畑

白山のふもとの宮の清水くむ
夕焼や能登半島の横たはり

裏木戸を猫行き来して茗荷の子

門限を破りし日のこと星祭

秋暑し見上げて龍の天井画

朝顔の小さきが好き紺が好き

投函の音たしかめて星月夜

卓袱台に持ち出す手帖ちちろ虫

一片の雲を離さず秋の山

晩学や卓袱台に置く青蜜柑

無花果のかろき重みをたなごころ
労りを言葉にはせず菊膾

病室に水蜜桃を匂はせて
柚子匂ふひと日やすみし厨ごと

焼栗を買ひて超特急に乗り
橋桁の芥うごかぬ今朝の冬

木の葉散る底をあらはに城の濠

炉開や封書で届く案内状

凩のまつただなかに大阪城

日の差せば沓脱石に冬の蝶

家々のあかりそれぞれ雪囲

直角に曲がる階段忘年会

臘梅

二〇一二年〜二〇一四年

淑気満つ正座の父の一言に
初雀残る一羽も飛びゆけり

初夢や束の間といふ間のありて

大和路の山まろやかに仏の座

一掬ひ小豆を炊きて鏡割

今一度留守をたのみて女正月

寒紅や店の奥より京ことば

屋根の雪瓦の形に細りゆき

臘梅やのぞきて暗き流刑小屋

半跏趺座寺の回廊冴返る

しんかんと空に星ある余寒かな

麺麭にしむオリーブオイル春浅し

石蕁掻く能登半島を遠く見て
金縷梅の風に梳かれて縒を解き

あたたかや水をたつぷり椅子洗ふ

鶯や開門前の業平寺

一滴の目薬しみて鳥曇

土塊のほろりとくだけ種袋

すりこぎの短くなりぬ木の芽和

桜散る真っ只中にバスを待つ

のどけしや入江にうかぶたぐり舟

星の夜の辛夷の蕾ややほどけ

桜蘂にも降りつもることのあり

青麦や旧街道に残る松

星の夜の湖へさらさら夏柳

噴水の飛沫のとどく花時計

落梅の寄り添ふごとく二つ三つ

虎尾草の風を誘ふ茶席かな

ことごとく浮葉の池となりゆけり

取り上げて受話器の重き昼寝覚

雲の行方をたしかめて梅を干す

その昔鯖海道や月見草

さやさやと庭木の葉擦れ秋近し

浜の戸の灯のしらじらと夏の果

蹲踞に水張る音や今朝の秋

舜に顔近付けて老いひとり

明け方のあかりのうすれ風の盆

新涼の日差しのなかの水車小屋

白檀の香を封じたる扇置く
正倉院戒壇院へと秋の蝶

新米や竈に杉の葉焼べて炊き

ひと掴みほどの裾分け貝割菜

朝霧の弓道場へ女子高生

雁渡し港に小さき木の灯台

椿の実はじけて島の空深き
子が剝きて林檎の皮の厚きこと

園丁の指差すところ一位の実

種採るや種に聞かるるひとり言

二月堂三月堂と鹿の声

二上山の峰に日の差し実南天

行く秋の水騒がせて鍬洗ふ

こがらしやすこし早めの店じまひ

口切のさらりとほどけ壺の紐
海鼠きざまれてなほ箸のがれんと

雪吊や赤松低く枝を張り

内露地に人の気配や敷松葉

手焙の灰ほっこりと香の匂ふ

手袋をきっちり嵌めてより話す

柚子の香を惜しみてひとり長湯せる

利一忌や旅の途中の巴里便り

十薬

二〇一五年〜二〇一六年

水を汲む音ひそやかに初明り

立山を据ゑ初凪の富山湾

元日の夕日しづかに沈みゆく

真っすぐに野兎のあしあと深雪晴

塗り箸をするりとかはし寒海鼠

水温む芥やうやう動きけり

蕗の薹やまふところの水はやし

港湾の税関子猫出入りして

鶏つつく土のやはらか花蘇枋

黒猫の屋根をよぎりて春の月

手をそれてゆくひとひらや花篝

根分けして一つ一つに声をかけ

ヒヤシンス蕾をかたく香を秘めて

ブロンズの少女は老いず草若葉

一望の立山連峰梨の花

子を待ちて葉の乾きゆく柏餅

川底の影つと動く小鮎かな

更衣変はらぬものに泣き黒子

白牡丹一花に庭を奪はれて

薫風や一斉につく青信号

田水張る遠くに青き日本海

ちりぢりになりひとりづつ蛍狩

老鶯や一両電車待ちをれば

十薬の花寄り合ひて暮れゆけり

柿の花二階の窓にとどく枝
角をだすほどにはあらず蝸牛

児の見上ぐ梅の実ひとつ捥いで見せ

今年竹墓域に青き風を生み

蚊の声の耳をかすめて夜のしじま

自動ドア開き風鈴一斉に

川蟹の爪たて波にさからひぬ
気がつけば何時しかひとり涼み台

虫干や戦地の便りに地名なく
青ぶだう夜の港に異国船

朝顔を鉢に咲かせて独り住む

秋暑し畳のほてり足裏に

突堤に干網匂ふ秋暑かな

巻き上げてすこしもどして秋簾

一齣を音立てて閉ぢ秋扇

秋めくや樹下に椅子置く美術館

新涼の薄きグラスに透ける酒
浮島の松際やかに星月夜

蓑虫のかすかな揺れに息合はす
声に出し秋の七草指差しぬ

鬼灯や枝に渡して伸子張

一二本蔓ひきよせて種を採り

寝返りに香りの添ひぬ菊枕

新しき土嚢の並び秋出水

愛の羽根顔近々と付けらるる

初紅葉法然院へ女坂

父と子の会話ぽつぽつ今年酒

手捻りの碗も出されて風炉名残

深更の胡桃あそばせ掌
追ひこされまた追ひこされ花野ゆく

ひとひらもこぼさず菊の枯れ尽くす

隧道の切れ間切れ間の冬景色

冬の月海に影置く異国船

山積みの泥付野菜報恩講

湿りたる草履を干して冬日向

暖炉燃ゆポットの茶葉のほどけゆき

数へ日の日和を惜しみポストまで

ひとすぢの湯気の行方や白障子

掃納寺の三和土に甕伏せて

山茶花

二〇一七年〜二〇一八年

とろとろとはしる電車や初詣
一月の空へ鳥のこゑとほる

初鏡口紅うすくさしてみる

立山へ足を向けたる出初式

まだ慣れぬ一人住まひや七日粥

卓に置く湯呑大小実千両

葉牡丹の渦の真つ白朝日差す

寒鰤を糶る声波の音を消し

早春の下鴨神社水いそぐ

浅春の肌にひやりと首飾

春浅し棗に金の渦模様

草箒そつと使ひぬ名草の芽

初蝶の小さき翅をひたすらに
菜の花や母を呼ぶ声風にのり

春の雲つかまり立ちの児の一歩

かたかごの咲きて家持国守の地

走り根の縦横に伸び木の芽風

取箸の竹青々と花菜漬

草の餅ひとつ供へてひとつ食ぶ

藤棚を天蓋として椅子ひとつ

味噌蔵の影より出でず花青木

白牡丹活けてあかるき茶席かな

風薫る川の上なる高速道

梅雨の月大津絵の餓鬼魚籠下げて

青梅雨やひかりあつまる天守閣

青嵐玻璃戸ぴりりと音たてて

船旅の三時の紅茶鷗外忌

ゆふぐれをまたず落ちけり沙羅の花

干梅の一粒づつに陽のにほひ
木の椅子に掛ければ軋み油照

芋の蔓畝はみだして不死男の忌

自転車を土手にあづけて蜻蛉追ふ

裏おもてあらためて見る秋扇

橋脚に魚の群れゐて水澄めり

月今宵唐招提寺へ詣でけり

留守の間に庭の無花果捥ぎごろに

実石榴や窯場に皿の捨て置かれ

名前なき葉書届きて鵙の声

露時雨帛紗で摑む釜の蓋

バス停の椅子に日の差し小春かな

点てし茶の泡ふつくらと小六月
散るためにひらく山茶花夕陽落つ

蕎麦掻や椀のぬくみを手に包み

荒壁に夕日さしこむ一茶の忌

石蕗の花病棟つなぐ道ゆけば

畳替終ひは角をとんと踏み

あとがき

　二〇一八年に鷹羽狩行先生が主宰された「狩」が終刊され、片山由美子主宰の「香雨」へと引き継がれました。これを機に、長い間ご指導を頂いた「狩」での作品をまとめようと思い至りました。

　本句集『水声《すいせい》』は『ふたかみ』に続く第二句集で、一九九八年以降二〇一八年までの作品より二九八句を収めました。句集名は由美子先生に水に関する句が多いとのご助言を頂き「水声《すいせい》」といたしました。

　川の水の流れはとどまる事なく、再び同じところに戻ることも出来ず、時には分かれ姿を変えながらも悠久の海へとたどり着きます。私たちの一生は宇宙の時間に比べると、ほんの一瞬です。人それぞれの命、その大切な年月、その中での後悔、喜び、悲しみ、愛、感謝、等々、さまざまな音を立てて行く水の様です。

　上梓にあたり鷹羽狩行先生には帯文を頂戴いたしました。まことに有難く心より感謝いたしております。ありがとうございます。そして何時もあたたかく適切に教え見守りくださる、片山由美子先生にはお忙しい中、十句選、再選句の労始め細やかなご指導お心配りを頂きました。心よりお礼を申し上げます。

俳句の一から教えてくださり「狩」へと導いてくださいました「朱雀」名誉主宰の有山八洲彦先生、そして現主宰田中春生先生に厚くお礼申し上げます。

又日頃御指導、お付き合を頂いている多くの方々、句友、そして今は亡き夫や、家族へ、深い感謝を捧げます。

二〇二二年二月

關　茂子

著者略歴

関茂子（せきしげこ）

1931年　富山県旧新湊市に生まれる
1997年　「朱雀」入会
1998年　「狩」入会
2000年　「朱雀」同人
2004年　第一句集『ふたかみ』上梓
2006年　「狩」同人
2018年　「狩」終刊
2019年　「香雨」創刊時同人

俳人協会会員

現住所　〒933-0007　高岡市角106－69

句集　水声　すいせい

二〇二二年七月四日　初版発行

著　者――關　茂子

発行人――山岡喜美子

発行所――ふらんす堂

〒182-0002　東京都調布市仙川町一―一五―三八―二F

電　話――〇三（三三二六）九〇六一　FAX〇三（三三二六）六九一九

ホームページ　http://furansudo.com/　E-mail　info@furansudo.com

振　替――〇〇一七〇―一―一八四一七三

装　幀――君嶋真理子

印刷所――明誠企画㈱

製本所――㈱松岳社

定　価――本体二八〇〇円＋税

ISBN978-4-7814-1464-5　C0092　¥2800E